Síscéalta Lios Lurgain

An Nollaig Thuas

Aoife Ní Dhufaigh

LEABHAR
BREAC

CAIBIDIL

1

BHÍ SCEITIMÍNÍ ar Luisne agus ar Dheirdre agus iad ag fágáil slán ag a dtuismitheoirí.

'Bígí go maith,' a dúirt athair Luisne leo. 'Agus tugaigí aird ar gach uile rud a déarfaidh Aintín Gormlaith agus Uncail Micheál libh. Níl muid ag iarraidh aon drochscéalta a chloisteáil fúibh.'

'Agus tuigeann sibh,' a dúirt máthair Dheirdre, 'nach bhfuil cead agaibh aon Chleasa Sí a imirt sa Domhan Thuas.'

'Tuigeann,' arsa Deirdre.

'Beidh muid an-mhaith,' arsa Luisne.

'Mar is eol daoibh,' a dúirt an múinteoir leis na sióga óga cúpla lá roimhe sin, 'beidh Féile an Ghrianstad á ceiliúradh againne faoi cheann cúpla lá. Ach beidh féile eile á ceiliúradh sa Domhan Thuas go gairid ina dhiaidh sin. An bhfuil a fhios ag aon duine cén fhéile í seo?'

'An Nollaig, a mhúinteoir,' arsa Luisne. 'Agus i mbliana beidh mise agus mo chol ceathrair Deirdre sa Domhan Thuas don Nollaig.'

'Nach oraibhse atá an t-ádh,' a dúirt an múinteoir. 'Tá mé cinnte go mbeidh go leor scéalta agaibh dúinn nuair a thiocfaidh sibh ar ais.'

Thug Lugh, deartháir Luisne, an dá shióigín chomh fada le Baile an Dúna, in aice le sean-Lios Lurgain.

Chonaic siad Aintín Gormlaith ag fanacht leo ina cairrín beag gorm.

'Tá fáilte romhaibh,' a dúirt Aintín Gormlaith,

agus thug sí póigín don dá shióigín. 'Tá súil agam go mbainfidh sibh an-taitneamh as an Nollaig sa Domhan Thuas.'

'Ach cá bhfuil Conaire?' a deir Deirdre agus í ag breathnú isteach sa charr. 'Bhí mé ag súil go mór lena a fheiceáil.'

'Agus mise freisin,' arsa Luisne.

'Ná bíodh aon imní oraibh. Feicfidh sibh Conaire ar ball,' a dúirt Gormlaith. 'Ach tá rang snámha aige anois.'

D'fhág an dá shióigín slán ag Lugh agus isteach sa charr leo.

'Tá sé seo iontach!' arsa Luisne le Gormlaith nuair a bhí siad ag tiomáint tríd an mbaile mór. 'Ní raibh muide i gcarr riamh cheana.'

'B'aoibhinn liomsa a bheith in ann carr a thiomáint,' arsa Deirdre. Thosaigh Gormlaith ag gáire.

'Tá tú beagáinín óg fós, a stór,' a dúirt sí.

Chomh luath agus a stop Gormlaith an carr taobh amuigh den ionad siopadóireachta, rug Luisne ar a clóca agus agus d'oscail sí an doras.

'Ionad mór siopadóireachta!' a dúirt sí go ríméadach. 'Tá muid ag dul isteach san ionad siopadóireachta!'

'Dún an doras nóiméad amháin, a Luisne,' arsa Gormlaith. 'Tá cúpla rud a chaithfidh mé a mhíniú daoibh sula rachaidh muid in aon áit.'

Nuair a bhí an doras dúnta ag Luisne, d'iompaigh Gormlaith timpeall le labhairt leis an mbeirt. Bhí cuma an-dáiríre uirthi.

'Caithfidh sibh a bheith an-chúramach go deo an fhad is a bheidh sibh anseo,' a dúirt Gormlaith leis na sióigíní. 'Tá go leor rudaí sa Domhan seo a bheidh nua daoibh. Tá go leor rudaí ann nach dtuigfidh sibh. Níl cead agaibh, mar sin, a bheith ag imeacht thart libh féin ná a bheith ag déanamh aon rud a tharraingeoidh aird oraibh.'

'Ach, a Aintín,' arsa Luisne. 'Tá go leor Cleasa nua Sí foghlamtha againn ó bhí bainis Lugh ann. Beidh muid in ann aire a thabhairt dúinn féin má bhíonn muid i gcontúirt.'

'Níl cead agaibh a bheith ag imirt Cleasa Sí anseo, a Luisne,' a dúirt Gormlaith go crosta. 'Nár mhínigh bhur dtuismitheoirí é sin daoibh?'

'Mhínigh,' a deir Luisne.

'Ach ní thuigimse,' arsa Deirdre, 'cén fáth a bhfuil an domhan seo contúirteach do shióga. An é nach maith leis na Daoine na sióga?'

'Ní maith le formhór na nDaoine rudaí nach dtuigeann siad,' a dúirt Gormlaith. 'Agus d'fhoghlaim na sióga i bhfad, i bhfad ó shin go bhfuil siad níos sábháilte nuair nach bhfuil mórán plé acu leis na Daoine.'

'Ach ní fhéadfadh sé go bhfuil na Daoine chomh dona sin ar fad,' arsa Deirdre. 'Dúirt Mam gur Duine atá pósta agatsa.'

'Tá sé sin fíor, a stór,' a dúirt Gormlaith. 'Is Duine é Micheál. Ach is Duine an-speisialta ar fad é agus bhí an t-ádh ormsa gur casadh orm é. Ach tá rud amháin eile le míniú agam daoibh. Ó tharla gur ceoltóir mise, aithníonn go leor daoine mé. Níor mhaith liom go dtógfaí grianghraif agus sibhse ag déanamh aon rud a thaispeánfadh don saol mór gur sióga sibh.'

'Ní dhéanfaidh muid aon rud as bealach, a Aintín Gormlaith,' a deir Deirdre.

'Ní dhéanfaidh,' arsa Luisne.

CAIBIDIL

2

BHÍ AN t-ionad siopadóireachta plód-aithe.

'Ní cheapfainn go bhfuil na Daoine sin contúirteach,' arsa Luisne agus í ag breathnú thart timpeall. 'Breathnaíonn siad ar fad an-chairdiúil. Agus sona sásta.'

'Breathnaíonn, ceart go leor,' a dúirt Gormlaith. 'Ach níl a fhios acu go bhfuil sióga ina measc.'

Bhí an t-ionad siopadóireachta maisithe go hálainn. Bhí soilse ar gach uile dhath crochta ann agus balúin ag imeacht san aer. Bhí cuid de na balúin dearg, cuid eile órga agus cuid eile fós ar dhath an airgid. Thaitin na balúin órga

le Deirdre agus rinne sí iarracht breith ar cheann acu. Ach d'eiteal an balún uaithi suas san aer!

'An draíocht é sin?' a d'fhiafraigh sí de Ghormlaith.

'Ní hea, a stór,' arsa Gormlaith. 'Níl ann ach balún!'

'Breathnaigh ar an gcrann Nollag!' a deir Luisne le Deirdre nóiméad ina dhiaidh sin. 'Tá sé cosúil leis an gceann a chonaic muid sna leabhair.' Díreach os comhair an chrainn, chonaic siad grúpa páistí scoile ag canadh. Sheas Luisne agus Deirdre in éineacht leis an slua a bhí bailithe timpeall ar na páistí.

'Ba mhaith liomsa na hamhráin sin a fhoghlaim,' a deir Luisne.

'Is carúil Nollag iad sin,' a dúirt Gormlaith.

Chuir an dá shióigín míle ceist ar Ghormlaith agus iad ag siúl tríd an ionad siopadóireachta.

'Céard é sin thall ansin?'

'Cén sórt siopa é sin?'

'Céard atá na Daoine sin ag déanamh?'

'Tá sibh ag tarraingt an iomarca airde oraibh féin leis na ceisteanna ar fad!' a dúirt Gormlaith. 'Fanaigí go mbeidh muid sa charr.'

Bhí puipéid ag gluaiseacht le ceol i bhfuinneog i gceann de na siopaí. Chuir Luisne an-suim go deo sna puipéid seo.

'An bhfuil na hainmhithe beaga sin beo?' a d'fhiafraigh sí de Ghormlaith.

Chuala na cailíní a bhí ina seasamh i ngar dóibh an cheist a chuir Luisne ar a haintín.

'Ar chuala tú í sin?' arsa Duine acu leis an Duine eile. 'Ní fhaca sí puipéid riamh cheana!'

'Cén aois thú ar aon chaoi?' a d'fhiafraigh sí de Luisne ansin. 'Nó an amhlaidh a thit tú anuas as an spás?'

Phléasc an bheirt chailín amach ag gáire ansin. Ach thosaigh an fear a bhí in éineacht leo ag tabhairt amach do na cailíní.

'Éirigí as!' dúirt sé leo go crosta. 'Ní féidir liom an bheirt agaibhse a thabhairt in aon áit!' Ansin labhair an fear le Gormlaith.

'Gabh mo leithscéal, a Ghormlaith,' ar seisean. 'Tá mo chroí briste ag an mbeirt seo.'

'Tugim duit, a Thomáis,' a dúirt Gormlaith. 'Bíodh lá maith agaibh anois.' Rug sí greim láimhe ar an dá shióigín agus thug sí aghaidh ar an siopa éadaí.

Taobh amuigh de Shiopa Éadaí Uí Chuinn chonaic siad teachín beag adhmaid agus fear mór ramhar istigh ann. Bhí cailín beag agus bean istigh sa teachín freisin agus iad ag caint leis an bhfear a raibh cóta dearg, hata dearg agus féasóg fhada bhán air. Bhí Daoine eile ina seasamh i scuaine taobh amuigh.

'Cé hé sin?' arsa Deirdre i gcogar.

'Sin é Daidí na Nollag, a Dheirdre,' a dúirt Luisne. 'Nach bhfaca tú an pictiúr a thaispeáin an múinteoir dúinn an lá cheana?'

'Chonaic,' a deir Deirdre. 'Ach cén fáth a bhfuil sé san ionad siopadóireachta? Cheap mé go dtagann sé anuas an simléar Oíche Nollag.'

Thug Gormlaith faoi deara go raibh daoine sa scuaine ag éisteacht leis an dá shióigín ag caint.

'A Luisne, a Dheirdre, brostaigí! Tá an siopa díreach anseo,' ar sise go mí-fhoighdeach.

Nuair a bhí seaicéid agus brístí, geansaithe agus T-léinte, sciortaí agus brístí gairide ina ciseán ag Gormlaith, thug sí Deirdre agus Luisne isteach sa seomra gléasta chun na héadaí a fhéachaint orthu féin.

'Anois beidh sibh gléasta díreach ar nós na gcailíní eile ar fad,' a dúirt sí leo. 'Níl na gúnaí síoda atá oraibh feiliúnach don áit seo, ná na ribíní gruaige agus na seoda, cé go bhfuil siad go hálainn ar fad.'

'Ach nach gcaitheann cailíní daonna éadaí mar seo?' a d'fhiafraigh Deirdre dá haintín.

'Caitheann, uaireanta,' arsa Gormlaith. 'Má bhíonn siad ag dul chuig cóisir nó ar bhainis, ach ní bhíonn siad gléasta mar sin de ghnách.'

Nuair a bhí sí cinnte go raibh na héadaí a

bhí roghnaithe aici ceart dóibh, cheannaigh Gormlaith lámhainní, agus scaifeanna, buataisí agus riteoga don dá shióigín.

Díreach agus Gormlaith ag íoc as na héadaí, chonaic Deirdre caipín a bhí an-chosúil le caipín Dhaidí na Nollag.

'An féidir liom é seo a fháil, le do thoil?' ar sise agus thaispeáin sí an caipín dá haintín.

'Cinnte,' arsa Gormlaith. 'Cuir sa chiseán é. Ar mhaith leatsa ceann acu, a Luisne?'

'B'fhearr liomsa an hata a bhfuil an fear sneachta air,' a dúirt Luisne.

'Caithfidh muid deifir a dhéanamh anois,' a dúirt Gormlaith nuair a bhí gach uile rud sna málaí acu. 'Beidh rang Chonaire thart go gairid agus beidh sé ag fiafraí céard a tharla dúinn.'

Nuair a shroich siad an linn snámha, bhí

Conaire an-sásta a chol ceathracha a fheiceáil.

'An dtaispeánfaidh mé an linn snámha daoibh?' ar seisean leo. 'Ceann mór millteach atá anseo againn.'

'Ní chreidim go dtéann tú isteach ansin!' a dúirt Luisne, nach raibh linn snámha feicthe riamh aici. 'Ní rachainnse isteach ann ar ór ná ar airgead!'

'Ná mise ach an oiread,' a deir Deirdre.

Thosaigh Conaire ag gáire.

'Tá an bheirt agaibhse an-aisteach ar fad,' a dúirt sé.

Ar an mbealach abhaile sa charr, d'inis Luisne do Chonaire go bhfaca siad Daidí na Nollag san ionad siopadóireachta.

'Agus céard atá an bheirt agaibhse ag fáil uaidh?' a d'fhiafraigh Conaire díobh.

'Ní cheapaim go dtugann sé bronntanais do shióga,' arsa Deirdre.

'Tugann,' a deir Gormlaith. 'Má scríobhann siad litir chuige.'

'Cén sórt litreach?' a d'fhiafraigh Luisne di.

'Liosta de na bronntanais atá uait,' a dúirt Conaire.

'Agus tugann Daidí na Nollag duit na rudaí ar fad a bhíonn ar do liosta?' a deir Deirdre agus an-iontas uirthi.

'Beagnach gach uile rud,' arsa Conaire.

'Anois, a Chonaire,' a deir Gormlaith. 'Inis an scéal ceart dóibh. Tugann Daidí na Nollag bronntanais do pháistí a bhíonn go maith i rith na bliana. Ach ní fhaigheann páistí dána aon bhronntanais uaidh.'

3

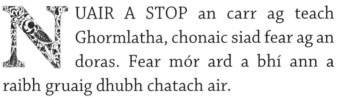UAIR A STOP an carr ag teach Ghormlatha, chonaic siad fear ag an doras. Fear mór ard a bhí ann a raibh gruaig dhubh chatach air.

'Sin é mo Dhaid anois,' arsa Conaire. 'Micheál. Níor casadh oraibhse cheana é.'

'Tá céad míle fáilte romhaibh,' arsa Micheál leis an dá shióigín agus thosaigh sé ag tógáil na málaí amach as an gcarr.

'Ar fhág sibh aon rud in bhur ndiaidh sna siopaí?' ar seisean agus é ag gáire.

Thug Micheál Luisne agus Deirdre isteach sa seomra suí. Ach nuair a d'oscail sé an doras, léim ainmhí dubh anuas den tolg. Isteach leis faoin gcathaoir.

'Sin é Cluaisín,' arsa Micheál. 'Tá sé cuthalach ach tiocfaidh sé amach ar ball.'

'Pus! Pus! Tar amach anseo chugainn, a Chluaisín,' arsa Deirdre. Ach níor tháinig an cat amach.

Chuir an dá shióigín an-suim sna soilse ildaite a bhí ag lonradh ar an gcrann Nollag agus san fhuinneog sa seomra suí. Bhí suim acu freisin sna cártaí Nollag a bhí crochta os cionn na tine. Chaith siad tamall ag léamh na gcartaí agus ag breathnú ar na pictiúir dheasa a bhí orthu.

'Fuair sibh go leor, leor cártaí Nollag,' a dúirt Deirdre le Conaire nuair a tháinig seisean isteach sa seomra.

'Faigheann mo Mham go leor cartaí Nollag,' arsa Conaire. 'Tá sí an-cháiliúil, tá a fhios agaibh.'

'Agus an bhfuil do Dhaid cáiliúil freisin?' a deir Luisne.

'Ó, níl sé,' arsa Conaire. 'Is píolóta é Daid. Bíonn sé imithe an-mhinic ach beidh sé sa bhaile don Nollaig i mbliana.'

'Ach cá mbíonn do Dhaid ag dul?' a d'fhiafraigh Deirdre de Chonaire.

'Bíonn sé ag eitilt ar fud an domhain….'

'Tá do Dhaid in ann eitilt!' arsa Luisne.

'Níl sé,' arsa Conaire agus thosaigh sé ag gáire. 'Ach bíonn sé ag píolótú eitleáin agus ag tabhairt daoine ar fud an domhain. Bhí sé in aice leis an áit a bhfuil cónaí ar Dhaidí na Nollag an lá cheana.'

Is ansin a chuala siad an 'mí-á-ú.' Bhí Cluaisín tagtha amach agus bhí sé ag breathnú go fiosrach ar na cuairteoirí.

'An ndúirt sé 'mí-ádh?' a d'fhiafraigh Luisne de Chonaire.

'Ní dúirt,' arsa Conaire. 'Sin í an fhuaim a dhéanann cat.'

'An créatúr,' a deir Deirdre. 'Céard a tharla dá chluais? Agus dá chois?''

'Caithfidh sé go raibh timpiste aige,'

a dúirt Conaire. 'Níl sé againne ach le cúpla mí. Fuair mise amuigh ar an mbóthar é maidin amháin nuair a bhí mé ag dul ar scoil. Bhí sé gortaithe go dona. Ach, nuair a tháinig biseach air, dúirt Mam agus Daid go bhféadfainn é a choinneáil.'

'Tá an t-ádh ort, a Chonaire,' arsa Deirdre. 'B'aoibhinn liomsa peata a bheith agam.'

Bhí Cluaisín ag breathnú ar Dheirdre. Shiúil sé chomh fada léi agus léim sé suas ar a glúin. Shocraigh sé é féin ansin agus thosaigh sé ag crónán.

'Is maith le Cluaisín tusa, a Dheirdre,' a dúirt Luisne.

Bhí siad breá sásta ansin sa seomra suí nuair a tháinig Gormlaith isteach chucu le deoch the agus píosa cáca Nollag.

'Is dóigh go bhfuil ocras oraibh,' ar sise. 'Ní bheidh an dinnéar réidh go ceann tamaillín.'

'A Mham,' arsa Conaire, 'cén t-ainm atá ar an tír sin ina raibh Daid an lá cheana? An ceann atá i ngar don Mhol Thuaidh?'

'Bhí sé san Iorua agus sa tSualainn an tseachtain seo,' a deir Gormlaith. 'Níl ceachtar acu rófhada as an Mol Thuaidh.'

'An féidir linn breathnú ar an teilifís go dtí go mbeidh an dinnéar réidh?' a d'fhiafraigh Luisne dá haintín.

'Anois, a Luisne, b'fhearr daoibh go mór fada dul go dtí an pháirc le Conaire,' a dúirt Gormlaith. 'Ba cheart daoibh castáil leis na páistí atá thart anseo. Cuirigí oraibh na héadaí deasa sin a cheannaigh muid inniu. Tá sé fuar amuigh.'

Nuair a bhí siad gléasta, bhreathnaigh an dá shióigín orthu féin sa scathán mór a bhí sa seomra codlata.

'Is breá liomsa na héadaí seo,' arsa Deirdre. 'Tá siad an-chompordach.'

Ach b'fhearr le Luisne a cuid éadaí féin. 'Ní cheapaimse go bhfuil siad compordach,' ar sise. 'Agus ní bhreathnaíonn siad go deas. Tá an oiread sipeanna agus rudaí aisteacha orthu!'

23

'Seo iad mo chol ceathracha, Deirdre agus Luisne,' arsa Conaire lena chara Seán nuair a casadh orthu sa pháirc é.

'Cé as iad?' a d'fhiafraigh Seán.

'Is as … is as … an Astráil iad,' a dúirt Conaire. 'Beidh siad ag fanacht sa teach s'againne don Nollaig.'

Ansin chonaic Luisne beirt chailíní ag teacht isteach an geata.

'A Chonaire,' ar sise. 'An bhfeiceann tú an bheirt sin thall? Tá súil agam nach cairde leatsa iad. Chonaic muid inniu iad san ionad siopa- dóireachta agus bhí siad ag magadh fúinn.'

'Ó, iad sin?' arsa Conaire. 'Kate agus Sara. Tá siad ina gcónaí béal dorais linn. Bíonn siad i gcónaí ag tromaíocht ar dhuine éigin.'

Bhí Kate agus Sara tagtha anall chomh fada leo faoi sin. Thosaigh siad ag stánadh ar an dá shióigín.

'Chonaic muid sibhse inniu,' arsa Sara leo. 'Bhí sibh in éineacht le máthair Chonaire san ionad siopadóireachta.'

'Is col ceathracha liomsa iad,' a dúirt Conaire. 'Luisne agus Deirdre.'

'Tá craiceann an-gheal oraibh,' arsa Kate ansin. 'An bhfuil sibh tinn nó rud éigin?'

Bhreathnaigh an bheirt shíóigín ar a chéile ach ní dúirt siad dada.

'Cén teanga a labhraíonn do chol ceathracha,' a d'fhiafraigh Seán de Chonaire.

'Ó, tá Gaeilge acu,' arsa Conaire. 'Níl ann ach go bhfuil siad sórt cuthaileach anois.'

Ina dhiaidh tháinig cuid eile de chairde Chonaire go dtí an pháirc. D'imir Luisne agus Deirdre cluichí in éineacht leo. Bhí siad ag rith rásaí cos agus ag imirt peile. Ansin, ar deireadh, tar éis do na buachaillí imeacht chun cluiche peile a imirt leo féin, gan na cailíní, thosaigh na cailíní ag scipeáil.

'Tá sé seo deacair, a Dheirdre,' arsa Luisne agus í ag déanamh iarrachta an téad scipeála a chasadh timpeall san aer.

'Tá sé an-deacair,' a dúirt Deirdre, tar éis don téad tuisle a bhaint aisti. 'Ní cheapaim go bhfuil ceachtar againn rómhaith ag na cluichí nua seo!'

'Níl,' arsa Luisne. 'Tá mise ag éirí as.'

Shuigh Luisne agus Deirdre ar bhinse agus iad ag breathnú ar na cailíní ag spraoi. Ach ba ghearr gur thuig siad go raibh na cailíní ag caint fúthu!

'Nach bhfuil col ceathracha Chonaire an-aisteach?' a dúirt duine de na cailíní. 'Ní labhraíonn siad focal.'

'Bhí mise ag ceapadh nár imir siad cluiche riamh ina saol cheana,' a deir cailín eile. 'Ní thuigeann siad na rialacha ar chor ar bith.'

Is ansin a chuir Sara a ladar sa scéal.

'Tá siad dúr. Tá siad chomh dúr agus nach bhfuil siad in ann scipeáil fiú!' ar sise.

'Níl siad in ann scipeáil fiú!' a dúirt na cailíní eile agus thosaigh siad ag gáire.

Bhí deora i súile Dheirdre agus í ag éisteacht

leis na cailíní ag caint mar seo. Ach tháinig fearg ar Luisne.

'Ní thaitníonn siad sin liomsa,' a dúirt sí le Deirdre. 'Go háirithe Sara agus Kate. Ba cheart dúinn ceann de na Cleasa Sí a imirt ar an mbeirt acu. Ansin beidh aiféala orthu.'

'Ach beidh Aintín Gormlaith ar buile,' a dúirt Deirdre. 'Cuirfidh sí abhaile muid.'

'Ní bheidh a fhios aici dada faoi,' a deir Luisne. 'Fan go bhfeicfidh tú!'

Nóiméad ina dhiaidh sin thosaigh Sara agus Kate ag léim san aer agus iad ag béiceadh in ard a gcinn.

'Céard atá ag tarlú?' a dúirt siad agus thosaigh siad ag rith fiáin timpeall na páirce.

Phléasc Deirdre amach ag gáire nuair a chonaic sí go raibh an téad scipeála ag leanacht na gcailíní amhail is go raibh sí beo. Ach ansin, nuair a bhreathnaigh sí i gceart uirthi, thuig sí go raibh sí beo!

'Nathair nimhe atá ann!' a dúirt sí le Luisne. 'Rinne tú nathair nimhe as an téad scipeála!'

Chas an nathair í féin timpeall ar rúitíní Sara. 'Tá sí do mo ghortú! Stop í! Nach bhfuil sibh in ann í a stopadh?' arsa Sara de bhéic leis an cailíní eile. Chaith sí í féin anuas ar an talamh agus í ag scréachaíl.

Nóiméad ina dhiaidh sin, bhí an nathair á casadh féin timpeall ar rúitíní Kate. Ba ghearr go raibh sise í féin sínte ar an talamh agus í ag béiceadh agus ag caoineadh. Nuair a chuala Conaire agus Seán an rírá ar fad, rith siad go dtí an áit a raibh na cailíní sínte.

'Céard a tharla daoibh?' a dúirt Conaire.

'Bhí nathair nimhe ann,' arsa Kate agus na deora léi. 'Agus d'ionsaigh sí mé féin agus Sara.'

'Ná bí amaideach,' a dúirt Seán le Kate. 'Tá a fhios agat go maith nach bhfuil aon nathracha nimhe in Éirinn níos mó. Ruaig Naomh Pádraig iad.'

'Ach bhí nathair nimhe ann,' a dúirt Sara. 'Tá mé ag rá libh go raibh. Ceann mór millteach!'

Thosaigh Luisne agus Deirdre ag gáire.

'Nach bhfuil Sara agus Kate an-ghreannmhar, a Dheirdre,' arsa Luisne. 'Cheap siad gur nathair nimhe a bhí sa téad.'

'Agus bhí siad ag ceapadh go raibh muidne dúr!?' a deir Deirdre.

Nuair a chuala Conaire a chol ceathracha ag gáire, bhreathnaigh sé orthu go hamhrasach.

'Ceapaim go bhfuil sé in am againne a bheith ag dul abhaile,' a dúirt sé leo.

'An raibh an bheirt agaibhse ag imirt Cleasa Sí?' a dúirt Conaire go feargach agus iad ag siúl amach as an bpáirc.

Níor fhreagair ceachtar den dá shióigín.

'Dúirt mo mham nach bhfuil cead agaibhse a bheith ag imirt Cleasa Sí anseo,' arsa Conaire ansin. 'Tá sibh ag tarraing airde oraibh féin.

Agus tá Kate agus Sara ina gcónaí sa teach béal dorais linn.'

'Ní daoine deasa iad. Bhí siad ag rá rudaí gránna fúinne,' arsa Luisne.

'Bhí,' a deir Deirdre. 'Níor chuala tusa na rudaí a bhí siad ag rá fúinn, a Chonaire.'

Ní dúirt Conaire dada.

'An bhfuil tú ag dul ag insint do do mham faoin rud a tharla sa pháirc?' a d'fhiafraigh Luisne de Chonaire nuair a bhí siad beagnach ag an teach. 'Má fhaigheann Gormlaith amach gur imir muid Cleas Sí cuirfidh sí ar ais abhaile muid.'

'Níl mise le haon rud a rá,' a dúirt Conaire. 'Bíonn an bheirt sin díreach mar a chéile ar scoil. Aon uair a dtagann daoine nua isteach sa rang bíonn siad ag tromaíocht orthu.'

'Bhí imní orm ansin ar feadh nóiméid,' arsa Deirdre.

'Agus ormsa chomh maith,' arsa Luisne.

'Ach breathnaigh,' a dúirt Conaire agus a dhroim leis an ngeata aige, 'má tá an bheirt agaibhse ag iarraidh fanacht anseo don Nollaig, caithfidh sibh éirí as na Cleasa Sí. Tá a fhios sin agaibh.'

'Tá a fhios,' arsa Deirdre. 'Beidh muid cúramach as seo amach. 'Nach mbeidh, a Luisne?'

'Beidh,' a dúirt Luisne. 'Ní imreoidh muid aon Chleasa Sí an fhaid a bheidh muid anseo sa Domhan Thuas.'

'An féidir liom féin agus le Deirdre breathnú ar an teilifís anois?' a d'fhiafraigh Luisne de thuismitheoirí Chonaire tar éis an dinnéir.

'Nach bhfuil an-tóir go deo agat ar an teilifís, a Luisne,' a deir Micheál. 'Beidh súile cearnógacha ort nuair a bheidh tú ag dul abhaile.'

'An bhféadfadh sé sin tarlú?' a d'fhiafraigh Luisne de.

'D'fhéadfadh,' arsa Micheál agus chaoch sé an tsúil ar Chonaire.

'Is féidir libh breathnú ar an teilifís ar feadh uair an chloig,' arsa Gormlaith. 'Ach tá litreacha le scríobh agaibh chuig Daidí na Nollag.'

'Nach bhfuil sé ródheireanach anois, a Mham?' a dúirt Conaire. Scríobh mise agus mo chairde chuige cúpla seachtain ó shin.'

'Níl sé ródheireanach ar chor ar bith,' arsa Micheál. 'Beidh mise ag eitilt go dtí an tSualainn amárach. Níl sé sin rófhada ón Mol Thuaidh. Cuirfidh mé na litreacha sa phost ansin.'

'Tá tú ag dul go dtí an tSualainn amárach! Ach cheap mé go raibh tú le bheith sa bhaile don Nollaig!' arsa Conaire lena Dhaid agus imní ina ghlór.

'Caithfidh mé imeacht go moch ar maidin, a chroí,' a dúirt Micheál. 'Ach ná bíodh aon imní ort. Beidh mé ar ais arís Oíche Nollag mar a gheall mé duit.'

Bhí Luisne fós ag cuimhneamh ar Dhaidí na Nollag.

'An bhfuil sibh cinnte go dtabharfaidh Daidí na Nollag bronntanais dúinne,' ar sise, 'nuair atá a fhios aige nach páistí daonna muid?'

'Beidh sibh sa teach seo Oíche Nollag,' a dúirt Micheál. 'Agus tabharfaidh Daidí na Nollag bronntanais do gach páiste atá sa teach. Sin má scríobhann siad a gcuid litreacha.'

'Céard a d'iarr tusa ar Dhaidí na Nollag?' a d'fhiafraigh Deirdre de Luisne níos deireanaí an tráthnóna sin, nuair a bhí a litir féin scríofa aici.

Daidí na Nollag
An Mol Thuaidh

'Ná hinis di, a Luisne!' a dúirt Conaire. 'Má insíonn tú d'aon duine céard a scríobh tú i do litir, ní bhfaighidh tú an rud a d'iarr tú.'

Tamall ina dhiaidh sin tháinig Micheál isteach. Thóg sé na litreacha agus chuir sé isteach ina mhála go cúramach iad.

'Beidh siad seo ag Daidí na Nollag tráthnóna

amárach,' a dúirt sé le Luisne agus Deirdre. 'Geallaim daoibh go mbeidh.'

'Ceapaimse go bhfuil draíocht ag Daidí na Nollag, mar atá ag Luisne agus Deirdre,' a dúirt Conaire lena athair.

'Ach ní síóg é, an ea?' arsa Deirdre.

'Níl a fhios agam,' arsa Conaire.

'Is dóigh gur sórt síóg é ceart go leor,' a dúirt Micheál.

4

'CAITHFIDH MUID dul a chodladh go luath anocht,' a dúirt Conaire leis an dá shióigín nuair a tháinig Oíche Nollag. 'Is i lár na hoíche a théann Daidí na Nollag thart ag na tithe. Ach mura mbíonn na páistí ina gcodladh téann sé thar an teach agus ní fhágann sé aon bhronntanais dóibh.'

Ach cé go raibh siad sa leaba go luath, bhí an oiread sceitimíní ar Luisne agus ar Dheirdre nach raibh siad in ann titim ina gcodladh.

'An bhfuil tusa i do dhúiseacht fós?' a d'fhiafraigh Luisne de Dheirdre ag meán oíche.

'Tá,' arsa Deirdre.

'Bhí mé ag cuimhneamh,' arsa Luisne, 'gur cheart don bheirt againne dul suas ar dhíon an tí. Ceapaim gur féidir dul amach tríd an bhfuinneog atá thuas san áiléar. Beidh muid in ann Daidí na Nollag a fheiceáil ag dul thart chuig na tithe, amhail is go raibh muid ag breathnú ar an teilífís.'

'Sin plean maith,' arsa Deirdre. 'Tá gach uile dhuine eile sa teach ina gcodladh faoin am seo.'

D'éirigh an bheirt agus ghléas siad iad féin go ciúin. 'Beidh sé an-fhuar taobh amuigh,' a deir Luisne le Deirdre. 'B'fhearr dúinn na seaicéid agus na buataisí nua a chur orainn....'

'Agus na lámhainní agus scaifeanna,' a deir Deirdre.

'Dhreap an bheirt suas an dréimire agus isteach san áiléar gan aon torann a dhéanamh. Nuair a bhí doras an áiléir dúnta ina ndiaidh acu d'éirigh leo an fhuinneog a oscailt gan mórán stró.

'Rachaidh mise amach ar dtús,' arsa Luisne.

Ba ghearr go raibh Luisne ina suí ar dhíon an tí. Bhí radharc iontach aici ar an mbaile mór.

'An bhfuil tú ag teacht amach, a Dheirdre?' ar sise. 'Tá sé seo iontach!'

Ach bhí Deirdre anois ag éisteacht leis an mí-á–ú a bhí ag teacht ó bhun an dréimire. Nuair a thuig sí go raibh an mí-á-ú ag éirí níos airde agus níos airde tháinig imní uirthi.

'A Luisne,' a dúirt sí. 'B'fhearr duit teacht isteach. Tá a fhios ag Cluaisín go bhfuil muid thuas anseo agus tá sé ag iarraidh teacht aníos. Dúiseoidh sé gach uile dhuine sa teach.'

Níorbh fhada gur chuala Deirdre glór Ghormlatha.

'Céard atá tú a dhéanamh thuas ansin, a Chluaisín?'

'Mí-á–ú,' arsa Cluaisín.

'Pus! Pus! Tar anuas anseo agus tabharfaidh mé braon bainne duit,' a deir Gormlaith.

D'imigh Cluaisín síos ansin ach bhí imní fós ar Dheirdre.

'An bhfuil tú ag teacht isteach?' a dúirt sí le Luisne. 'Tá Gormlaith ina suí anois. Thug sí Cluaisín síos staighre, ach tiocfaidh sé ar ais, tá mé cinnte de. Ansin beidh muid i dtrioblóid.'

Tháinig Luisne isteach go drogallach.

Ní raibh siad ach díreach istigh sa leaba nuair a d'oscail Gormlaith doras an tseomra. Nuair a chonaic sí go raibh an bheirt sa leaba, dhún sí an doras go ciúin arís.

'Bhí an t-ádh orainn,' arsa Luisne.

'Bhí an t-ádh dearg orainn,' arsa Deirdre.

'Thug mé rud éigin faoi deara, a Dheirdre,' a dúirt Luisne. 'Nuair a bhí mé thuas ar an díon, bhí soilse agus crainn Nollag ag na tithe ar fad thart anseo, agus bhí coinnle lasta sna fuinneoga acu. Ach ní raibh aon rud mar sin sa teach béal dorais.'

'An teach a bhfuil Sara agus Kate ina gcónaí ann?

'Is ea.'

'B'fhéidir go bhfuil an leictreachas gearrtha.'

'Níl. Bhí solas lasta i gceann de na seomraí.'

'Tá sé sin aisteach.'

'An-aisteach.'

Níor chorraigh an bheirt as an leaba an chuid eile den oíche. Dhúisigh an cnag ar an doras iad ar maidin.

'Éirígí,' a dúirt Conaire. 'Éirígí go beo. Tháinig Daidí an Nollag agus thug sé bronntanais chuig an mbeirt agaibh!'

Thíos faoin gcrann Nollag a bhí na bronntanais. 'Osclaígí iad,' a dúirt Conaire leis an mbeirt a bhí fós ina suí ar an urlár ag stánadh ar na beartáin. 'Tá mo chuid féin oscailte agamsa.'

'Fuair mé an rud a d'iarr mé air,' arsa Luisne agus ríméad uirthi. 'Agus breathnaigh, fuair mé go leor rudaí nár iarr mé ar chor ar bith!'

'Agus mise freisin,' arsa Deirdre.

'Fan go bhfeicfidh mo chairde an ceamara seo,' a deir Luisne. 'Beidh éad orthu.'

'Ceamara digiteach atá ann!' a dúirt Conaire. 'Agus breathnaigh! Is cadhnraí speisialta atá ann. Is féidir leis an ngrian cumhacht a chur iontu.'

'Sin le rá go gcaithfidh tú teacht go dtí an Domhan Thuas aon uair a mbeidh na cadhnraí sa gceamara caite,' a dúirt Deirdre le Luisne.

'Cén dochar,' a deir Luisne. 'Is aoibhinn liom a bheith ag teacht go dtí an Domhan Thuas.'

'Níl gléas ceoil mar é seo ag aon duine sa Domhan Thíos,' a dúirt Deirdre agus í ag iarraidh ceol a bhaint as an ngiotár a bhí faighte aici féin ó Dhaidí na Nollag. 'B'fhéidir go múinfidh tusa cúpla ceacht dom, a Chonaire.'

'Múinfidh cinnte,' arsa Conaire.

Bhreathnaigh siad ansin ar na rudaí eile a thug Daidí na Nollag dóibh. Bhí stocaí daite ann, leabhair a raibh pictiúir d'ainmhithe agus d'éin iontu, pinn luaidhe dhaite, criáin, leabhair nótaí agus go leor rudaí beaga eile.

'Nuair a fheicfidh ár gcairde na rudaí ar fad a fuair muid,' a dúirt Deirdre, 'beidh siad ag iarraidh a bheith sa Domhan Thuas don chéad Nollaig eile.'

'Ach níl gaolta acu anseo,' arsa Luisne. 'Tá an t-ádh orainne.'

'Tá an t-ádh dearg orainn,' a dúirt Deirdre.

'Caithfidh sibh leadóg bhoird imirt liom ar ball,' arsa Conaire agus é ag taispeáint na mbronntanas a fuair sé féin dá chol ceathracha. 'Dúirt Daid go socródh sé an bord leadóige suas sa seomra suí tar éis an dinnéir. Agus ní raibh scátaí rothacha agam riamh cheana. Tá mé súil go mór le dul amach orthu.'

'Caithfidh go bhfuil sibh an-sásta libh féin,' a dúirt Gormlaith leis an dá shióigín níos deireanaí.

'Feicim go raibh Daidí na Nollag an-fhlaithiúil go deo i mbliana,' a deir Micheál.

'Mí-á–ú,' arsa Cluaisín agus é ag iarraidh airde dó féin.

'An bhfuil a fhios agat go raibh Cluaisín an-aisteach aréir,' a dúirt Gormlaith ansin. 'Níl a fhios agam céard sa domhan a bhí air. Bhí sé ag iarraidh dul suas san áiléar ag meán oíche.'

'B'fhéidir gur chuala sé Daidí na Nollag ag túirlingt ar an díon,' arsa Micheál.

'Chuala sé rud éigin,' a dúirt Gormlaith. 'Sin cinnte.'

Ní dúirt Luisne ná Deirdre aon rud.

Nuair a tháinig an oíche, bhí an dá shióigín tuirseach, traochta.

'Ní dhéanfaidh mise dearmad go deo ar mo chéad Lá Nollag sa Domhan Thuas,' a deir Luisne.

'Ná mise ach an oiread,' arsa Deirdre.

CAIBIDIL

UAIR A D'ÉIRIGH an dá shióigín lá arna mhárach bhí an talamh clúdaithe le sneachta.

'Tá sneachta ann, a Dheirdre!' arsa Luisne agus sceitimíní uirthi. 'Ní chreidim é!'

Bhí Conaire amuigh sa ghairdín cheana féin agus é ag déanamh fir shneachta. Amach le Luisne agus Deirdre freisin tar éis an bhricfeasta.

'Níl sneachta feicthe againne ach amháin i leabhair,' a dúirt Deirdre le Conaire.

'Is féidir libh cúnamh a thabhairt domsa an fear sneachta seo a chríochnú mar sin,' arsa Conaire. 'Agus nuair a rachaidh sibh abhaile beidh sibh in ann a rá le bhur gcairde go ndearna sibh fear sneachta.'

Nuair a bhí an fear sneachta críochnaithe ag an triúr bhí an-spraoi acu ag ag caitheamh

liathróidí sneachta. Ach ba ghearr ina dhiaidh sin go bhfaca siad Sara agus Kate ag teacht isteach an geata.

'Tá fear sneachta níos mó ná é sin againne,' a dúirt Sara. 'Tá sé i bhfad níos mó.'

'Tar isteach sa ghairdín s'againne go bhfeic-fidh tú é, a Chonaire,' arsa Kate.

B'fhearr le Luisne agus Deirdre fanacht san áit a raibh siad ach mar sin féin lean siad Conaire isteach i ngairdín na comharsan.

'Cén fáth a bhfuil an bheirt agaibhse i dteach Chonaire don Nollaig?' a d'fhiafraigh Kate de Luisne agus iad ag dul isteach an geata. 'Nach bhfuil teach agaibh féin?'

'Ní chreidimse go bhfuil aon teach acu,' arsa Sara. 'Ní bhíonn aon teach ag taibhsí.'

'Sin é an fáth a bhfuil siad i dteach Chonaire!' a deir Kate.

'Éirígí as,' a dúirt Conaire le Sara agus Kate. 'Níl sé ceart a bheith ag rá rudaí mar sin.'

'Inis an scéal ceart dúinn, a Chonaire,' arsa Sara, 'Inis dúinn cé as an bheirt seo i ndáiríre.

Inis dúinn cad chuige nach bhfuil siad ina dteach féin don Nollaig. Má insíonn tú an scéal ceart dúinn, stopfaidh muid.'

'Níl aon scéal le hinsint,' a deir Conaire. 'Stopaigí ag tromaíocht orthu!'

'Taibhsí! Taibhsí! Taibhsí gránna,' a dúirt an bheirt chailín agus thosaigh siad ag caitheamh liathróidí sneachta le Luisne agus Deirdre.

Ní raibh Luisne in ann cur suas leis seo níos mó. Chaithfeadh sí rud éigin a dhéanamh.

'Tá sé in am ceacht a mhúineadh dóibh seo,' ar sise le Conaire.

'Tá,' a deir Conaire.

'Céard atá sí ag rá?' arsa Sara.

Chuir Deirdre cogar i gcluais Luisne.

'Is é an Sí Gaoithe an ceann is fearr,' a dúirt sí.

'An Sí Gaoithe, mar sin,' arsa Luisne.

Go tobann thosaigh an ghaoth ag séideadh. Thit an cloigeann den fhear sneachta mór a bhí déanta ag an mbeirt deirfiúr agus d'imigh an sneachta suas san aer. Suas san aer leis an hata freisin. Ansin go tobann phléasc corp an fhir sneachta. Bhí sé ar nós go raibh stoirm shneachta istigh sa ghairdín. Rith Luisne, Deirdre agus Conaire as an mbealach, ach bhuail an séideán sneachta Sara agus Kate. Leag sé an bheirt go talamh. Thosaigh siad ag caoineadh agus ag béiceadh.

'Céard a rinne sibh?' arsa Sara de bhéic nuair a d'éirigh léi a cosa a chur fúithi arís.

'Ní dhearna muidne aon rud,' arsa Luisne. 'Aon rud beo.'

'Chaith sibh sneachta linn,' a deir Sara. 'Leag sibh an bheirt againn.'

'A thaibhsí gránna!' dúirt Kate a bhí anois ina seasamh freisin. 'Tá muid ag dul isteach agus tá muid ag dul ag insint do Dhaid céard a rinne sibh orainn.'

'Ach, a chailíní,' arsa Conaire. 'Ní dhearna mo chol ceathracha aon rud oraibh. Tháinig séideán sneachta agus leagadh an bheirt agaibh. Sin é an rud a tharla.'

'Nuair a chloisfidh Daid faoi seo, beidh

sibhse i dtrioblóid, a thaibhsí,' a dúirt Sara de bhéic agus í ag oscailt an doras.

'Meas tú an mbeidh muid i dtrioblóid?' a d'fhiafraigh Deirdre de Chonaire agus iad ar a mbealach ar ais chuig an teach.

'Ní bheidh,' arsa Conaire. 'Ná bíodh aon imní oraibh.'

Bhí siad ar fad suite ag an mbord ag ithe an dinnéir nuair a chuala siad cloigín an dorais ag bualadh. Amach le Micheál. Ba ghearr gur chuala siad glór Mhicheál.

'A Ghormlaith,' ar seisean, 'an dtiocfaidh tú amach anseo nóiméad le do thoil?'

Nuair a bhí Gormlaith imithe, bhreathnaigh Luisne agus Deirdre go himníoch ar Chonaire.

'Meas tú cé atá ann?' a d'fhiafraigh Luisne de. Siúd anonn le Conaire agus chuir sé a chluais leis an doras.

'Tomás Ó Muirí, athair Sara agus Kate,' a dúirt sé.

'Tá muid i dtrioblóid!' a deir Deirdre.

'Déarfainn go bhfuil,' arsa Conaire.

'Ach céard atá siad a rá?' a deir Deirdre.

'Ní féidir liom iad a chloisteáil,' arsa Conaire.

'A Mham, a Dhaid,' a dúirt Conaire nuair a tháinig a thuismitheoirí isteach arís ar deireadh. 'Bíonn Sara agus Kate an-ghránna le Luisne agus Deirdre. Má tháinig Tomás le gearán a dhéanamh is dóigh go gcreideann sé gach uile scéal a insíonn na cailíní dó.'

'Níor tháinig sé anseo ag gearán,' arsa Micheál. 'Tháinig sé le rá go bhfuil siad ag bogadh thar lear. Tá post faighte aige san Astráil. Ach ar tharla rud éigin nuair a bhí sibh ag spraoi leis na cailíní inniu?'

Nuair nár fhreagair aon duine é, lean Micheál air. 'Dúirt Tomás go raibh scéal amaideach ag na cailíní dó ach nár chreid sé iad.'

'Tá sé cinnte,' a dúirt Gormlaith, 'gurb iad Sara agus Kate ba chúis le cibé rud a tharla. Tá súil agam go bhfuil an ceart aige. D'iarr sé orthu cárta a scríobh á rá go bhfuil brón orthu faoin lá inniu. Agus faoin lá cheana san ionad siopadóireachta.'

Leag Gormlaith clúdach litreach ar an mbord.

'Tá a fhios agam,' ar sise ansin, 'go bhfuil an bheirt an-trioblóideach. Ach bíonn trua agam dóibh. Tá siad ró-óg le bheith fágtha gan a máthair.'

'Níl aon mháthair acu?' arsa Luisne agus alltacht uirthi. 'Céard a tharla di?'

'Fuair sí bás bliain ó shin,' a deir Gormlaith. 'Díreach roimh an Nollaig.'

'Agus ansin, cúpla mí ina dhiaidh, chaill Tomás a phost,' arsa Micheál. 'Tá saol an-chrua ag an bhfear bocht.'

Ní raibh Luisne in ann scéal Shara agus Kate a chur as a ceann an chuid eile den lá.

'Tá an-aiféala orm go raibh mé ag imirt Cleasa Sí ar Kate agus Sara,' ar sise le Deirdre agus iad sa leaba an oíche sin. 'An bhfuil rud éigin a d'fhéadfadh muid a dhéanamh dóibh anois?'

'Ach cén sórt ruda?' a d'fhiafraigh Deirdre di.

'An bhfuil Cleas Sí againn atá in ann daoine a dhéanamh níos sona?'

'Tá Ruaig an Bhuairt ann,' a dúirt Deirdre.

'Ní cuimhin liom an ceann sin. Cén chaoi a n-oibríonn sé?'

'Ar dtús caithfidh tú rud éigin a fháil a bhaineann leis an duine atá faoi bhrón.'

'Tá an cárta againn … an ceann a scríobh siad chugainn inniu,' arsa Luisne. 'Agus céard eile…?'

'Tá rann ann,' a deir Deirdre. 'Ach tá sé dearmadta agam. 'Ruaig an Bhuairt, lig tríd an sonas…. Ní cuimhin liom an chuid eile de.'

'Caithfidh tú cuimhneamh air!' a dúirt Luisne.

'Tá tusa sa scoil chéanna liomsa,' arsa Deirdre, 'ach bíonn tú i gcónaí ag brath orm leis na rudaí seo.'

'Ach tá a fhios ag chuile dhuine go bhfuil tusa níos cliste ná mise,' a deir Luisne.

'Níl mé,' arsa Deirdre, 'ach bím ag éisteacht sa rang agus déanaim an obair bhaile.'

Uair an chloig ina dhiaidh sin bhí Luisne

beagnach ina codladh nuair a labhair Deirdre.

'An bhfuil tú i do dhúiseacht, a Luisne?' a dúirt sí i gcogar. 'Tá an rann agam!'

Bhí dhá chroí ag Luisne agus í ag éisteacht le Deirdre ag aithris an rainn.

'Ruaig di an bhuairt, líon í le grá
Ruaig cibé rud atá á crá.
Tabhair di sonas agus suaimhneas
Ruaig an bhuairt, ruaig an t-uaigneas.'

'An ndéanfaidh muid anois é?' a d'fhiafraigh Deirdre de Luisne.

'Déanfaidh,' a deir Luisne. 'Rachaidh mise síos agus gheobhaidh mé an cárta.'

Nuair a tháinig Luisne ar ais bhí an rann scríofa ar phíosa páipéir ag Deirdre di.

'Ceapaim gur cheart don bheirt againn é a rá le chéile,' a dúirt sí lena col ceathrair.

Leag an dá shióigín méar ar an gcárta, san áit ar shínigh Kate a hainm. Ansin dúirt siad Ruaig an Bhuairt le chéile do Kate. Ina dhiaidh sin rinne siad an rud céanna do Sara.

'Tá súil agam go n-oibreoidh sé,' a dúirt Luisne.

'Agus agamsa,' arsa Deirdre.

Ag am bricfeasta an mhaidin dar gcionn bhí scéal iontach ag Gormlaith don dá shióigín.

'Tá coirm mhór cheoil agamsa sa staidiam nua anocht,' a dúirt sí leo. 'Agus beidh sibhse ag dul ann in éineacht le Conaire agus Micheál. Ní raibh mé ag iarraidh aon rud a rá roimhe seo mar ní raibh Micheál cinnte an mbeadh sé sa bhaile.'

'Coirm cheoil!' arsa Deirdre go ríméadach.

'Mar a bhíonn ar an teilifís!' a deir Luisne.

'Beidh sé i bhfad níos fearr ná an teilifís, a Luisne,' arsa Conaire. 'Beidh mo mham ag casadh ceoil agus ag canadh thuas ar an stáitse agus na céadta daoine ag breathnú uirthi!'

'Meas tú an bhféadfadh Sara agus Kate teacht in éineacht linn?' arsa Luisne.

'Is smaoineamh an-deas é sin, a Luisne,' arsa Gormlaith. 'An-deas ar fad. Sin, dár ndóigh, má tá Tomás sásta na cailíní a ligean ann.'

'Ach b'fhéidir gur mhaith leis-sean teacht freisin,' arsa Deirdre.

'B'fhéidir gur mhaith,' arsa Gormlaith. 'Labhróidh mé leis faoi ar ball beag. Tá an-áthas orm gur smaoinigh tú air seo, a Luisne. Is féidir liomsa na ticéid a thabhairt dóibh mar bhronntanas.'

Bhain an dá shióigín an-taitneamh go deo as an gcoirm cheoil.

'Tá mise ag iarraidh a bheith i mo cheoltóir cosúil le Gormlaith nuair a bheidh mé fásta,' a deir Deirdre agus iad ar a mbealach abhaile ag deireadh na hoíche.

'Agus b'fhéidir go mbeidh tú,' a dúirt Micheál léi. 'Má thosaíonn tú ag cleachtadh láithreach ar an ngiotár nua sin atá agat.'

'Ní raibh a fhios agamsa go raibh Gormlaith chomh cáiliúil sin,' arsa Luisne. 'Bhí gach uile dhuine ag screadaíl agus ag béicíl nuair a tháinig sí amach ar an stáitse.'

'Tá sí an-cháiliúil. Ach níl sí postúil,' a deir Kate. 'Bíonn sí an-deas linne i gcónaí.'

'Fiú nuair a bhíonn muid trioblóideach,' arsa Sara.

'Dúirt sí linn, a Luisne, gur tusa a chuimhnigh cuireadh a thabhairt dúinn go dtí an choirm cheoil anocht,' a deir Kate ansin. 'Bhí sé sin an-deas.'

'An-deas ar fad,' arsa Sara. 'Go raibh míle maith agat.'

'Tá fáilte romhaibh,' a dúirt Luisne.

Cúpla lá ina dhiaidh sin bhí an dá shióigín, Luisne agus Deirdre, ar a mbealach abhaile go dtí an Domhan Thíos. Bhí siad ar bís le hinsint dá ngaolta agus dá gcairde faoi na heachtraí a tharla dóibh agus na hiontais a chonaic siad sa Domhan Thuas. Ach dar ndóigh, bhí cúpla eachtra nach n-inseoidís go deo agus a bheadh coinnithe ina rún i gcónaí idir an dá shióigín.

Éalú as an Lios
Aoife Ní Dhufaigh

Tá Luisne fiosrach faoi Dhomhan na nDaoine nó
'An Domhan Thuas'. Tá bealaí rúnda le taisteal
amach as Domhan na Sí ach ní thugtar an t-eolas
seo do shióga óga! Ach, le gliceas, aimsíonn Luisne
ceann de na bealaí rúnda, agus éalaíonn sí féin
agus a cara Deirdre go dtí an Domhan Thuas. Cé
go bhfeiceann siad rudaí iontacha ann, faraor, ní
oibríonn a gcuid pleananna amach mar a shíl siad
… agus is gearr go mbíonn an bheirt i dtrioblóid!

978-1-909907-96-6

An tSióg Mhallaithe
Aoife Ní Dhufaigh

Beidh bainis mhór i Lios Lurgain! Tá deartháir
Luisne, Lugh, le pósadh lena ghrá geal, Eimhear.
Tá cuireadh ag Luisne agus Deirdre agus ag na
sióga óga ar fad chuig an mbainis agus tá siad ar
bís ag fanacht leis an lá mór. Ach ní bhfuair gach
aon duine cuireadh. Tá sióg ghránna amháin nach
bhfuil an-sásta nach bhfuair seisean cuireadh
chuig an mbainis, agus nuair a thagann sé chuig
an mbainis ní ceiliúradh atá ar intinn aige!

ISBN: 978-1-909907-97-3